學校有一隻大狐狸

我該怎麼辦?

文 蘿拉‧杜邦 & 歐立維‧杜邦　　　圖 侯儂‧巴岱　　　譯 尉遲秀

在校園裡，
我遠遠就看到他。
他正在跟其他同學一起玩。

學校裡出現狐狸是件很奇怪的事，
但我什麼都不敢說，
因為大家好像都覺得很正常。

那天早上，我從狐狸旁邊經過。
我感覺到他的目光從我背後掠過。

他‍越‍走‍越‍近‍，
腳‍步‍輕‍巧‍——這‍是‍狐‍狸‍最‍擅‍長‍的‍，
因‍為‍他‍們‍是‍掠‍食‍性‍動‍物‍。

有一天，他對我說話了。
「喂……你戴那副眼鏡，
　看起來好奇怪！」

每天他都對我說差不多的事情：

「你呀，
　　長了一顆魚頭！」

「你有一對金魚眼，
　　你知道吧。」

「嗨，四眼田雞！」

我很想叫他不要再說了，
但我什麼都沒說就走了。

有一次，
我們在玩鬼抓人，
狐狸故意推我，
害我的眼鏡掉到地上。

放學時，我發現書包被弄壞了，
背帶像被咬過一樣⋯⋯

我被媽媽罵了。

過了幾天，
我跟保羅在附近玩，
我們一起踢足球。

說得更清楚一點兒，
我們是在街上玩傳球。

我以後想要成為
足球冠軍選手。

狐狸出現了，不知道從哪裡冒出來的……
他用長著爪子的手，一把搶走我的球，
還用力咬了一口。

噗！球破了，狐狸跑走了！
保羅也嚇得逃走了。

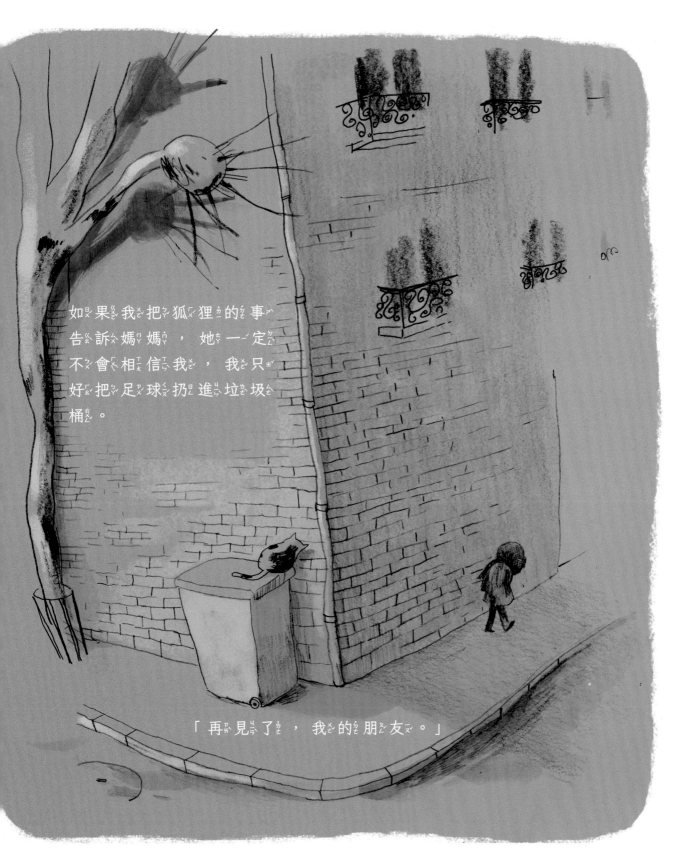

如果我把狐狸的事
告訴媽媽，她一定
不會相信我，我只
好把足球扔進垃圾
桶。

「再見了，我的朋友。」

令人擔心的是，狐狸不是自己一個，
還有其他狐狸跟他一夥。
現在，下課時間變得一點都不好玩，
我不能踢足球了。

「足球不是給四眼田雞踢的！」

有ⓨ時ⓢ候ⓗ，我ⓦ覺ⓙ得ⓓ狐ⓗ狸ⓛ變ⓑ得ⓓ更ⓖ強ⓠ壯ⓩ，
毛ⓜ色ⓢ也ⓨ變ⓑ得ⓓ更ⓖ深ⓢ，
我ⓦ甚ⓢ至ⓩ懷ⓗ疑ⓨ他ⓣ是ⓢ不ⓑ是ⓢ變ⓑ成ⓒ狼ⓛ了ⓛ。

有一天早上，下課的時候，
他叫我把我的點心給他，
我跟他說我要告訴老師，
可是——他竟然變成了老虎，
其他人也一樣。

他們一起把我的點心吃掉了。

放學後， 我去騎滑板車，
老虎又對我動手了。

他搶走我的滑板車，
而且瞪大雙眼警告我：

「不准告訴任何人。」

回到家，媽媽問我：
「你的滑板車呢？」

一看到媽媽，
我就忘了恐懼。

我告訴媽媽所有事情。

一開始，
媽媽沒辦法相信我，
因為學校裡有老虎走來走去，
這種事的確很難讓人相信。

而且還不只一隻！

媽ㄇㄚ媽ㄇㄚ把ㄅㄚˇ我ㄨㄛˇ抱ㄅㄠˋ在ㄗㄞˋ懷ㄏㄨㄞˊ裡ㄌㄧˇ，我ㄨㄛˇ覺ㄐㄩㄝˊ得ㄉㄜ好ㄏㄠˇ多ㄉㄨㄛ了ㄌㄜ。

第二天，
媽媽去學校找老師談這件事，
老師給媽媽的回答是：
「我們不允許校園裡出現老虎。」

老師去找他們的時候，
不可思議的事情發生了。

突然間，學校不再有老虎，只有小孩了。

從此以後，下課時間變得好玩多了。
現在我知道，當學校出現狐狸的時候，
一定要告訴大人。

不然，狐狸會變成老虎，
而且還會引來更多老虎。

Text © Olivier Dupin and Lola Dupin
Illustration © Ronan Badel

Un renard dans mon école © Hachette Livre / Gautier-Languereau, 2021
Complex Chinese language edition published in agreement with Hachette Livre, through the PaiSha Agency
Complex Chinese translation copyright © 2023 by CommonWealth Education Media and Publishing Co., Ltd.